Gregor Rottschalk

TABALUGA®

Hilfe für Happy

Gregor Rottschalk
TABALUGA®
Hilfe für Happy
SCHNEIDER FILMBUCH

Happy

Happy ist ein kleines Hasenmädchen – genauer gesagt: ein Schneehasen-Mädchen. Sie ist die beste Freundin von Tabaluga. Die beiden erleben viele spannende Abenteuer.

Nessaja

Die Schildkröte Nessaja ist die älteste Einwohnerin von Grünland. Sie ist sehr weise und ihre klugen Ratschläge haben den Grünländern schon oft geholfen.

Arktos

Der Schneemann Arktos herrscht über die Eiswelt. Er hasst Grünland und alles, was grün ist. Am liebsten würde er die ganze Welt mit Schnee und Eis bedecken. Aber dabei kommt ihm Tabaluga immer wieder in die Quere.

Der Schneemann lebt in einem Schloss aus Eis. Durch sein Riesenfernrohr kann er alles sehen, was in Grünland passiert.

James

Der Pinguin James ist Arktos' Diener. Er ist ständig damit beschäftigt, die Wünsche des Schneemanns zu erfüllen. Arktos lässt seine schlechte Laune meistens an James aus.

Shouhu Bouhu van Gauff

Der Uhu Shouhu lebt in Arktos' Schloss. Er ist ein geheimer Verbündeter der Grünländer. In seiner magischen Kristallkugel kann er sehen, was an jedem Ort der Welt geschieht.

Inhalt

Übung macht den Meister

So ein Drache hat es gut, glauben die meisten. Er schläft erst mal bis zum Mittag. Dann steht er in aller Ruhe auf und nimmt ein Drachenfrühstück zu sich. Wenn er Lust dazu hat, speit er ein wenig Feuer. Und den Rest des Tages fliegt er durch die Lüfte und schaut sich die Welt von oben an.

Doch ganz so einfach war das bei Tabaluga nicht. Kleine Drachen müssen das Fliegen nämlich erst lernen. Deshalb übte Tabaluga jeden Morgen, wie man richtig fliegt – so auch heute.

Doch Tabaluga antwortete: „Tut gar nicht weh! Und ich weine auch nicht! Drachen weinen nicht!“ Es war ihm sehr peinlich, dass Happy seine Tränen sah.

Nach ein paar Minuten war die Geschichte vergessen.

Die Reise ins Abenteuer

„Komm, wir machen einen Ausflug in den Dschungel!“, schlug der kleine Drache seiner Freundin vor.

Happy nahm in seiner Bauchtasche Platz. Doch erst musste Tabaluga versprechen auch bestimmt ganz vorsichtig zu fliegen. Und schon ging es los!

Was es im Dschungel alles zu sehen gab! Hohe Bäume mit ausladenden Kronen! Zarte Blumen mit schimmernden Blüten! Farbenprächtige Vögel mit den schönsten Stimmen! Ein paar geschwätzige Schimpansen schwangen sich locker von Ast zu Ast.

Und sogar eine fleischfressende Pflanze konnten die Freunde bestaunen. Sie kletterten über hohle Bäume und machten Bocksprünge über seltsame blaue Pilze, die lustig hin und her schwangen.

So ein Ausflug in den Dschungel war ein richtiges Abenteuer!

Um die Mittagszeit bekam Happy Hunger. Die Freunde entdeckten einen fremdartigen Obstbaum. Da fiel genau vor ihnen eine grüne Frucht vom Baum! Sie zerplatzte und verströmte einen köstlichen Geruch.

„Hmmm, riecht das lecker!“, rief Happy und hob ein Stück davon auf. „Probier mal!“

Doch der kleine Drache lehnte dankend ab. Er mochte nur Sonnenblumenkerne.

Happy biss von der Frucht ab und rief begeistert: „Köstlich!“

Im Nu hatte sie den halben Baum leer gegessen und hielt sich den Bauch, so satt war sie!

Plötzlich hörten die beiden ein lautes Brummen. Was war das? Die Freunde sahen sich um.

Da entdeckten sie das Arktoplan, die Flugmaschine aus der Eiswelt. Es kreiste über dem Dschungel! Auf dem Pilotensitz saß Arktos' Diener, der Pinguin James. Er hatte

durch sein Fernglas beobachtet, wie Happy von den seltsamen grünen Früchten aß.

James war auf der Suche nach Leckereien für Arktos. Deshalb beschloss er den Baum mit in die Eiswelt zu nehmen. Er landete und stieg aus.

Tabaluga rief: „Untersteh dich von hier etwas mitzunehmen. Das ist Grünlandbesitz!“

Doch James kümmerte sich nicht weiter um Tabaluga. Er schlang ein Seil um den Baumstamm. Das andere Ende des Seils machte er am Arktoplan fest. Dann startete er, riss den Baum mit den Wurzeln aus dem Boden und verschwand in Richtung Eiswelt.

Ein ganz besonderes Essen

Am Abend wurde im Thronsaal von Arktos' Schloss ein Festmahl angerichtet. Beim Anblick der vielen Leckereien bekam selbst Shouhu große Augen. Und das will bei einem Uhu etwas heißen! Die erlesensten Speisen aus aller Welt wurden für Seine Kühlheit aufgetragen.

Arktos lief das Wasser im Mund zusammen, als er die einzelnen Gerichte aufzählte.

Der Herr des Eises beschloss das Essen mit dem Nachtisch zu beginnen. Und der sollte heute eine Überraschung sein!

Da trug James auch schon die Krönung des Festmahls herein: Obstschale mit grüner Wildfrucht!

Arktos kostete und verdrehte genüsslich die Augen. Er ließ sich gleich noch mehr von diesem köstlichen Obst bringen.

Schließlich stieß der Schneemann die Schüssel von sich, hielt sich den Bauch und brummte: „Nur ein Nickerchen für ein paar Minuten ...“

Dann schlief er sofort ein.

Böses Erwachen

Am nächsten Morgen holte Tabaluga einige Mohrrüben für Happy.

Das Hasenmädchen lag immer noch in der Drachenhöhle und schlief!

Tabaluga rief: „Wach endlich auf, du Schlafmütze, ich habe dir leckeres Frühstück gebracht!“

Happy öffnete mühsam die Augen und stöhnte: „Igitt, bitte nimm sofort die Mohrrüben weg! Ich kann den Anblick von Essen nicht ertragen!“ Dann drehte sie sich zur Wand und schlief weiter.

Tabaluga war ratlos. Was sollte er tun? Happy war ernsthaft krank!

Zur gleichen Zeit kam James mit dem Frühstück in den Thronsaal von Arktos' Schloss.

„Euer Frostigkeit, es ist ein wunderschöner, eiskalter Morgen!", rief er. „Wie immer eine kleine Stärkung gefällig?"

James bot Arktos eine Schüssel Schokoladeneis mit der neuen grünen Frucht an.

Doch der Schneemann flüsterte: „James, mir ist so seltsam. Ich bin so schwach, ich kann kaum atmen!"

James war verwirrt. Solche Töne hatte er von seinem Herrn noch nie gehört. Er versuchte Arktos das Frühstück noch einmal schmackhaft zu machen.

Arktos stöhnte: „Bring dieses grüne Zeug weg ... Es macht mich krank!“ Er verdrehte die Augen und rutschte langsam von seinem Thron auf den Boden.

James war entsetzt: Eine Wasserlache bildete sich unter Seiner Kühlheit. Arktos schmolz!

Ein guter Rat

In seiner Not war Tabaluga gleich zu der weisen Schildkröte Nessaja geflogen.

Der kleine Drache erzählte ihr, was am Tag vorher alles passiert war.

Er berichtete auch, dass Happy von der grünen Frucht gegessen hatte.

„Ich glaube, dass die Frucht Happy so krank gemacht hat“, sagte Tabaluga. „Was kann ich nur tun?“

„Happy hat die Früchte des grünen Alarcon-Baumes gegessen“, erklärte Nessaja. „Deshalb nennt man diese Krankheit auch das grüne Alarcon-Fieber. Happy kann daran sterben! Da hilft nur eines: Sie braucht sofort viel Eis oder Schnee! Nur so kannst du das Fieber senken und das Gift bekämpfen, das in den Früchten steckt. Du darfst keine Sekunde verlieren!“

Die Vögel hatten ihr Bestes gegeben, doch umsonst!

Um Happy stand es schlimm. Sie war bewusstlos und wimmerte leise vor sich hin.

„Happy, du darfst nicht sterben“, schluchzte Tabaluga verzweifelt. Dicke Tränen kullerten aus seinen Augen.

Happy schlug noch einmal kurz die Augen auf.

„Tabaluga“, flüsterte sie, „ich hab dich so lieb!“ Dann wurde sie wieder ohnmächtig.

Tabalugas mutige Tat

Da hatte Tabaluga eine Idee. „Rasch!“, rief er, „legt Happy in meine Bauchtasche! Wenn wir das Eis nicht zu Happy bringen können, dann bringe ich eben Happy zum Eis!“

Mit Happy im Beutel schwang sich der kleine Drache in die Luft und flog in Richtung Eiswelt! Der Adler Aguila begleitete die beiden.

In der Eiswelt bedeckte Tabaluga die reglose Happy mit Schnee.

Der kleine Drache fror sehr. Er zitterte und musste sogar niesen. Drachen sind nun mal nicht für die Kälte geschaffen.

Endlich schlug Happy die Augen auf! Sie lächelte.

„Happy!“, rief Tabaluga und Freudentränen kullerten aus seinen Augen. „Du bist wieder gesund!“

Er hustete: „Aber ich habe mich ganz schön erkältet!“

„Lass uns nach Hause fliegen“, sagte Happy und sprang in die Bauchtasche des kleinen Drachen. „Flieg los!“, rief sie.

Tabaluga versuchte es, doch er war zu krank und schwach. Er schaffte es nicht, vom Boden abzuheben!

Der kleine Drache bat Aguila Happy nach Grünland zurückzubringen.

„Lasst mich nur ein bisschen ausruhen“, sagte Tabaluga. „Ich komme nach!“

Shouhus Plan

Zur gleichen Zeit lag Arktos in seinem Schloss noch immer auf dem Boden und schmolz.

Shouhu sah den Eisherrscher nachdenklich an und blickte in seine magische Kristallkugel.

Dann wandte er sich an James: „Ich weiß, wie du deinem Herrn das Leben retten kannst! Mach das Arktoplan startklar. Tabaluga ist in der Eiswelt. Du musst zu ihm fliegen und ihn sofort nach Grünland bringen!“

James war sprachlos.

„Was? Wieso denn das?“, japste der Pinguin.

„Tabaluga ist der Einzige, der das Heilmittel für Arktos kennt“, erwiderte Shouhu. „Aber er wird es dir nur sagen, wenn du ihn vorher nach Grünland bringst!“

Kurz darauf startete James mit dem Arktoplan. Bald erreichte er Tabaluga, der sich halb erfroren durch den Schnee schleppte.

Schnurstracks ging James auf den verdutzten Tabaluga zu. Der wusste nicht, wie ihm geschah.

„Was willst du?“, fragte er.

„Ich bin gekommen um dich heimzubringen!“, rief James. „Alles andere erzähle ich dir unterwegs.“

James schubste Tabaluga in Richtung Arktoplan. Der kleine Drache fror so sehr, dass er alles geschehen ließ. Bald saßen James und Tabaluga im Arktoplan und ab ging es nach Grünland!

„Arktos ist ziemlich krank“, erzählte James dem kleinen Drachen. „Wir brauchen dringend das Heilmittel! Shouhu hat gesagt, dass du es kennst. Verrate mir bitte die Medizin. Aber erst bringe ich dich nach Grünland.“

Als James und Tabaluga den Drachenfelsen erreichten, landeten gerade auch Aguila und Happy dort.

„Tabaluga!“, rief Happy. „Ich bin so froh, dass du hier bist!“

Dürfen Drachen weinen?

Die Freunde umarmten sich. Sie waren ja so glücklich! Doch James wollte jetzt die Medizin für Arktos haben.

Tabaluga rief: „In der Eiswelt gibt es jede Menge von der Medizin! Ihr braucht nur Eis! Eimerweise Eis! Steckt Arktos in das kälteste Eis, das ihr habt! Meinst du, ihr findet bei euch ein bisschen Eis?“

Alle bogen sich vor Lachen, als James schließlich losflog.

Happy sagte zu Tabaluga: „Ich bin sehr stolz auf dich!“

„Wieso?“, wollte der kleine Drache wissen.

Happy sagte: „Na, du hast mich doch gerettet und außerdem … du hast um mich geweint. Dabei dachte ich, Drachen weinen nicht!“

Tabaluga trat verlegen von einem Bein auf das andere und meinte: „Na ja, manchmal dürfen auch Drachen weinen!“

TABALUGA®
Unsere Abenteuer gibt es auch auf Cassette, CD und Video!
Immer wieder neue Folgen im Handel erhältlich!
TABALUGA Das große Ereignis 1
TABALUGA Ein ganz heißes Ding 2
TABALUGA Ein friedlicher Überfall 6
TABALUGA Drachen weinen nicht 5
TABALUGA Einer spielt falsch 7
Ein verhängnisvolles Geschenk
TABALUGA Ein Drache zuviel 3
& Dunkle Geschäfte
TABALUGA Eine versalzene Suppe 8
& Der Baum des Lebens
TABALUGA Königin für einen Tag 10
& Tabaluga & Lilli
TABALUGA Eine verpatzte Premiere 9
& Ein prächtiges Paar
EUROPA PRIMO
BMG
BMG ARIOLA MILLER GMBH
Kleiner Drache, starke Sache!
© TABALUGA GmbH, Lizenz durch EM. TV & Merchandising AG